現代短歌ホメロス叢書 PART I ―― 11

松木鷹志
Matsuki Takashi

歌集

蘇れ、木群

飯塚書店

蘇れ、木群・目次

天の章　平成二十三（二〇一一）年

地の章　平成二十四（二〇一二）年

人の章　平成二十五（二〇一三）年

装幀　㈱ポイントライン

蘇れ、木群

松木鷹志

歌集

天の章

平成二十三（二〇一一）年

【大事】

二月／アラブの春、宗派対立深刻化。三月／東日本大震災M九・〇、高さ一五メートル超の巨大津波で死者不明者数万人。福島第一原発爆発、メルトダウン（東電否定）。七月／なでしこJAPANがW杯優勝、国民栄誉賞受賞。九月／名古屋大など国際チーム、「光より速い素粒子」発見か、アインシュタイン理論揺るがす衝撃。一〇月／日本人人口、初の減少（昨年の国勢調査で）。

【追悼】

和田勉80。佐藤忠義98。田中好子55。小松左京80。前田武彦82。辺見じゅん72。北杜夫84。立川談志75。西本幸雄91。石堂淑朗79。松田トシ96。市川森一70。

ペルー〈地底大事故〉と〈復旧〉山古志

救出が三十人目と湧く現地　ギターに唄…の、家族も偉い
もう、お祭さわぎ

〝モグラ〟からよくぞ生還せし者ら　睡夢にみしは如何な楽世（らくせ）

ルイス・ウルスア氏の統率は稀有のこと、有りざること…と思はず拍手

被災せし「時刻」を永久（とは）に遺す…とて毀れ時計を掲ぐ　山古志

地区センター内のホールに

あの屋根も呼吸（いき）せぬ家か丸ごとに雪ぶくれして　山古志の丘

冬に入れば忽ちの景

見下ろしの橋の真下に息絶えだえ　雪の蒲団に廃屋(いへ)は埋もれて
流泥に埋もれ雪に埋もれし木篭(こごめ)の家

育まれ、屠らるるべき豚の仔の〝ももいろの湯気〟母体より出づ

春の菜は苦しみてゐん　厚雪の融けぬあひだは誰をか恨み

慟哭の東北大災害

逃げまどふ人々、自動車(くるま)、喚く街。この映像は消ゆること無し

大津波奴(め)は去りたれど鳥も居ぬ原始の街衢(ちまた)　塵芥の海

大津波後も恐るべきこと惹起!!《原発神話》崩壊の悪夢(ゆめ)

プルサーマル騒がれなくて忘れゐき　着々為されゐて知らされず

死者不明者二万に及ぶといひて哭く大文字朝刊　けさも〝見開き〟

哀しくも性悪説は真ならむ　被災地泥棒ひんぴんとせば

食料、水…続々とゆく被災地に、遅ればせ義捐金万円おくる

義捐金振込みに来て慌てさす　田舎の局は皆が出てきて
振込先がまだ分からぬ

「亡くなった方々」欄に目眩(くら)みぬ　今朝も数百の御名(おんな)、わかき名

その母の胸の潰るる思ひ知る　二人児卒園の筈に…被災死

酷使せる水ゆき場なく困窮の〈原発〉まさに逆悪(さかしま)の絵図

閖上の人々「まさか津波が…」と思ひゐしとふ。欺瞞神話、に

おらだちや、どつこい生きてる…と行動力しやにむに示す歌津の人等

ことに地区長さん——

行政を待たず自前の仮設(かせつ)住宅作る歌津地区民　えらいこつてす

ぬか雨に籠りてをればピッカピカの原発ニュース「昼」を分捕る

前政権、「負」の遺産とて批判せず。原発停止、廃止の風を

民主政権が停・廃にまっしぐらなのに

あれから一～五カ月余

「充電中のケイタイ盗まれた…」などと云ふ　如何な輩か被災者いぢめ

中越(ちゅうゑつ)地震の酷まざまざと浮びきて夜の余震にまた喚きあふ

耐へ生ける高田松原の孤高松…枯死さす勿れあをあを立つを

梅咲いて百花繚乱はじまれど放射能禍は…すでに蔓延

シーベルト・ミリシーベルト…子供らも喚き合ひつつ今日も下校す

北茨城「かの民宿」の思ひ出も、今せいいつぱいに愛しむばかり

十年前に楽しんだ土地だ

政局にうつつをぬかすバカ野郎、いますべきこと分かつては居ぬ

国会、的外れの応酬で

「議員らは被災地へ行け！」葦原の雨後のヨシキリまでもが喚ぶ

「全電源喪失」のとき自公(じこう)政権なら如何(だう)しただろう　同じじゃないか！

緊急時なのに、的外れの論議

ダイバーの写す海底の瓦礫群　日用品が涙をさそふ

原発さへ無かつたならば…と遺書のこし逝きたる農の無念誰(た)が知る

人間がバンザイしたる形して引上げられき　鐵の瓦礫は
海底より藻屑と共に

恣意に成しし安全神話は酔はししが「原発」いまや世界ゆるがす

ヒロシマも第五福竜丸（ふくりうまる）もむごけれどフクシマ原発いまや、滅茶苦茶

花の舞ひ

花園によちよち立てる娘(こ)を撮りし…かのアルバムは今四十五歳(よんじふご)

あふぎみる枝垂桜に触れてゆく風あり　さらに浄土のけしき

羽衣も斯くと思はす大枝垂（おほしだれ）桜あの瓔珞は…迦陵頻かも

強風にいたくな散りそ　白蓮の花のいのちの未だ尽きねば

だうだんの花垣白く巡らせて火宅は二進（につち）も三進（さつち）もゆかず

半年は瞬く間にすぎて

『新日本紀行ふたたび』の訴へを深く知りたり　起てよ飯館

TV、よくぞ飯館を取上げた

引揚げを待つ海底（うなぞこ）の瓦礫たち。少女のピアノも歌ひつつ待つ想ひ出に浮ぶは親族（うから）の他なからむ。どこぞ眠りてたゆたふ人は！

怖れゐし原発事故の動因が人的ならば…嗚呼やんぬる哉（か）
そうは言っても、猶さら追及せよ

放射能大量飛散は無しといふ本当なのか　〈なんでも有り〉だが

たぶん雪、或（ある）は時雨るる屋外（そと）の闇　越後は「避難」の人ら続々

何ほどの放射線量と思へども洗髪嫌ひが髪また　洗ふ

街も田も原始のさまのさざ波を揺らす海かも　彼の石巻

あれから七、八カ月余

刈取りて已れを嗤ふ農ひとり。「駄目」なら被災田と心中するか…と

被災して石巻地区八ケ月、いまなほ読経のこゑの続く…と

八カ月になんなんとして　渉るは殆ど被災地のけなげな行為

地異頻るこの世はとかく棲みにくし。良寛様なら何といふらむ

自発核分裂などと禍禍し　東電「難語」でまたはぐらかす

昭二六中卒の会

綺羅星のやうに眩しき諸氏の額(ぬか)　さすが七十七歳(しっちうしち)の年輪

ぐうたらに酔へど友どち情かはす歳(とし)忘れ会　名などは要らぬ

遠来の者も集へど何よりも竹馬の友等　かく衰へし

地の章

平成二十四（二〇一二）年

【大事】

一月／国際サッカー連盟（ＦＩＦＡ）なでしこＪＡＰＡＮ沢穂希主将に二〇一一女子ＭＶＰ選手賞を、佐々木則夫監督にＭＶＰ監督賞。三月／東電の柏崎刈羽原発６号機が発電停止、東電の原発一七基すべてが止まる。五月／自然界で孵化のトキが、三八年ぶりに巣立つ。六月／国内最古七世紀の「庚寅年籍」（六九〇年）を反映した戸籍情報を記す木簡、太宰府で発見。七月／シリア国家安全保障本部で爆発。武装反体制派「自由シリア軍」など複数のグループが犯行声明。八月／消費税関連法成立、二〇一四年に八％、二〇一五年に一〇％になる。九月／野田政権、尖閣諸島を国有化。一〇月／マウスのｉＰＳ細胞から卵子作成。不妊症の解明に希望。山中伸弥京都大教授にノーベル生理学賞。一二月／衆院選、自民党が単独過半数を大幅に上回る二九四議席を獲得、三年三カ月ぶりに政権復帰。

【追悼】

別宮貞雄89。樽崎弥之助91。諏訪根自子92。吉本隆明87。新藤兼人100。山田五十鈴95。中川志郎81。大滝秀治87。丸谷才一87。藤本義一79。猪木正道98。森光子92。米長邦雄69。

一喜多憂の春

糸ほどの目もあかぬまで眩しくて下ろす屋根雪　くつくつ嗤ふ
嗤われても下ろすぞ

トップギアの除雪車つつみまた猛る　越後といへば長岡の雪

バラの香の湯にとつくりと癒すなり　屋根雪下ろしのトゲトゲごころ

天然の儘はあり得ぬ屋根の雪　まるく重たく…幾シーベルト

表面の平穏、内面の苦悩

庭先の雪にさくりとシャベル入れ、やうやく春をほぐす心地す

本格的な「春」はまだまだ

東北大災害から満一カ年。

目を塞ぎつつ亦も見き3・11。かの際(きは)の彼よくぞ撮りたる

先刻(さつき)まで栄えし石巻、ガレキ。油断もありしこと語られぬ

さんさんと降る雪のなか蹲みたる娘（こ）が禱りをり　瓦礫の原に

TVの釜石

諦めぬかぎり「有効」の切符あり　数多の知恵と釜石魂

九州の地に職ありて移りゆく妻と子を…送るフクシマの夫（つま）

マッチ売りの少女よおいで皆買はん、無風の夜明けに降るなごり雪

勿体のなき雪晴れに…鬱々と心音波検査など受けに来ぬ
こんな好天にはスルコト数多なのに

案の定〈心臓精検〉事も無し　されど老軀に〝無理は禁じ手!〟

吹雪けれど肘の治療に出かけたり妻のくるまの輪つかを急かせ

農をする大事な右腕

花よ、咲け

明日オペの妻　小半刻ひたりたる薬湯（やくたう）の香をやはらかに曳く

動かすな、揺らすな…といふ隻眼の妻寝かせつけ夕食つくる

毒流す我が排尿のたえまなし　されど、澄まぬは内ふかく在る

何ゆえの変調か

還りそびれの白鳥ならん風花の舞ふ闇空を…みだれ行くこゑ

ひとり聴きつつエール送る

白内障オペ後入浴の妻にいふ、非常時の糸引きむすぶかと
ともかくも休ませんと

清浄の枕を並めてやすむとき　老いに皺める接吻ひとつ
何かの気休めになれよ

安穏の夜のひとときも彼の国はミサイル発射の〈賭け〉に汲々

かの国の得意レシピは「毒キムチ」。必ず潜むは「苦きスパイス」
見開きの朝刊〈春の叙勲〉載す　トップはいつもお手盛り政治家！

後期〇〇〇

鍬止めて梅のかをりをめでをるに俄に来たり…空きつ腹奴(め)が

健康の証？

たいへんだあ！財布忘れに気付きたり　レジの列から家へと走る

このごろ、変調

〈医〉にゆくに財布わすれし妻のこと切に思ひき〝二の舞〟のわが

〝諭吉さん〟目を廻しつつ行き来して、我が萬さつも　妻の万円

忙しいこったね

豆腐、ハム、今宵必須のもの買うて嗚呼すつきりだ、南無あみだぶつ～

他力本願を

俺たちはもう良いからと云ふ勿れ。セシウムに子も孫も冒され

此頃の明るきニュース　朱鷺一羽〝巣立つ〟テレビぞ。涙ぐましき

越後人のよろこび

冠（かうぶり）は捨てよと云へり　畑（はた）を打ち田を植ゑて来し無名の父は

前半生は公社、後半生は貧農。

いかほどの放射線浴ぶ桜花　千年(ちとせ)のいのちの昼夜を措かず

三春を憶ひてエールを送る

庭石に打ちつけ落とす赤玉土　枯れたる梅をいただき来しもの

庭石に打ちつけられて土散らばふ　枯らしし梅の骨をはなれて

みんな俺が悪いのだ

斯くなるは〝加齢不精〟と嗤ふなり大切の梅枯らす　しくじり

教わることばかり…

華やぎの軍国主義の語はあらず。『この空の花』長岡に咲く

大林監督作品の上映に

齢（とし）重ね徐々に命終のイメージを描きをるらし妻　それなりに

じんわりと分かるもの

ポスターは「骨、何歳？」と微笑めど…測れぬほどに患者ら老いし

さまざまに民放パフォーマンスして騒ぐ金環日蝕　あくまで静か

天然とはこういうものか

この次は彼岸にて見む完璧の金環日蝕　めがね揃へて

取って置きのめがねで

ほろび行くものの裕かさ。『鉄道員（ぽっぽや）』を二時間余かけ亦妻も見き

レトロなどと嗤ふ勿れよ『鉄道員（ぽっぽや）』の殉職シーンにひろがる　静寂（しじま）

高倉健が味わい深い

憲法記念日

さみだれに明けし憲法記念の日　あらためて《前文》思ふ、様ざま

名文は味わわせてくれて…

昼かぜに藤はなぶさの揺るるとき〈憲法記念日〉映ゆる日の丸

こういう時こそ美しい

「日の丸の負へる悪夢は拭ふべし」…みづから掲ぐ　幾つかの日は

5／3・5／5・11／3…などと

少子化の世にくるしむや熊ん蜂　耀ふ藤に来るもすくなき

熊蜂も〈子供の日〉なぞ定めしや藤の甘蜜はこぶ…と励む

擡頭の軍部奔りし昭和六年。分別失せて…やがて…悪戦

ほんとうの莫迦が居た

無謀なる開戦劇より七〇年。いでや勿忘（こつぼう）！いま生く我等

開戦を止（とど）め得ざりしマイノリティー、山本五十六覚悟の〈主演〉！

悲劇は突然じゃなくて

元帥葬、天皇行幸の敗戦後五年…の〈僅か七年前〉か

復帰より四十年の摩文仁の丘　キャスターと共にかなしみ澄ます

おごそかにＴＶに向い…

靖国参拝(さんぱい)は反発、批判を恐れつつ…亦も強行。誰にかも媚び

わが胸に満ちてくるもの　『わが母の記』の十分の一の思慕感

樹木希林・役所広司の映画に

エジプトの独裁くづすデモは良し　されどアカンは過激派すべて

切なる願ひ

「何方かの身体の一部になつても生きて…」と　〝脳死の幼児〟の親御の神慮

尊いものは永遠！

生きてくれ、ドナーとなつても生き続けよ…此の両親の願ひは普遍

原発の避難いつまで…と嘆くさま　一日緩急あらば我等も…

髪うすき君も〝帰年〟に悩みゐき…遇へば磐城の海の眼底(まなそこ)

杜甫・春望「…何日之帰年」

「手を借りず座より立てるか」の項目にＹＥＳと答へて、畑（はた）へ急ぎぬ

高齢者意識調査に

「…母父（おもしし）に言（こと）申さずて…悔しけ」と。防人臣老（おみおゆ）は帰郷成りしか

万葉講座を了えて

「…悔しけ」と詠みし防人臣老（おみおゆ）の還らずば父母は待ち死（し）せしけむ

「待ち死」ほどの悲哀なし

宵ふかく鳴きつぐ蟬のあひ和すを聞きしは遥か　妹（いも）逝きし日か

富美江の死より、不幸始まる

三十年前に死したる妹（いも）はるか、奥津城の丘紅葉（もみ）ぢてをるや

越後長岡のロクでなし

みぞ蕎麦の花にくる虫すでに居てかの女（ひと）は来ず　朝陽の畑

つゆ草にみぞそばも咲き畑荒れぬ　かの女（ひと）いよよ病重きか

もう亡くなられたかも…

嘆きつつ水遣りなぞに走り来れば友も怨めり　旱続きを

畑友だちの細貝せんぱい

他人(ひと)のこと言ふまでもなし　灌水は骨折り損の草臥れ儲け

嘆き合う、畑友と

水遣りに四苦八苦して帰り来れば満月のぼる　気の毒さうに

場所取りに先んぼ掻きし年寄も「花火の時」だけ！　他はグッタリ

花火終了時、思うは我が老い先

一人に素晴しかりし〈不死鳥花火（フエニツクス）〉、ロクでなしでも…まだ死ねぬぞな
十万余（じうまんよ）人〈被死〉せしといふ東京大空襲（だいくうしふ）。動画の悲惨…もう敗けてゐた！

歓喜の夏

名古屋より乗り継ぎ来たる男孫たち[を]　改札口のかなたより駈く

出迎へし長岡駅に

流木を寄せきて作[な]せるボロ筏、孫らが乗ればドロ舟のやう

大河と鷹一朗、寺泊の海で。まるでお伽の国――

浜焼を買うて昼餉にせんと向ふ自動車(くるま)に孫らは　早まどろめる

パパ・ママの深夜の到着待つ孫ら　夕餉後花火、入浴終へて

「明日帰る?……もつと居たい!」と孫の声。取り合はれねば闇鎮まりぬ

就寝前に

蘇る天然

涼やかに黄揚羽ゆけり…炎昼の五運温気(うんき)のこもる狭庭辺

五運＝天地に循環してやまぬ五つの元気

外したる入歯ももいろの光(かげ)もちて古生代の蟹(かに)飛ぶかに　静か

蟹型の入歯、暫時おやすみ

藤蔓に翅かはかせて蝶一つ、夜会のドレスまだとゝのはず

禍(くは)のあれば福も来るぞ…と励ましてザザ虫食ひの葱ひき起こす

瓜苗も食ふ根切虫(ねつきり)に負けぬぞ…と、またも補植す　頑固爺(ぢぢい)は

一晩に太めの葱を食ひたふすザザ虫奴(め)らも、畑(はた)に棲まはす

虫食ひの蔬菜そだてて今日も足る。阿呆男の些細な喜悦

これで良し、此れがいいのさ。ちびちびと飲み…もくもくと飯を平らぐ

真はだかで窓辺に寄れば嗤はれき　宴最中(さなか)のこほろぎたちに

風呂あがりのホテリに

肥ゆるとは食はるる事に近づく…と大根の苗すねて起たざり

にんげんに食はれぬやうにピーターパン決めこむ大根稚苗は、諭す

へな虫もロマン謳ふか　夕映えて大根の葉にぢつとしてゐる

やや首を上げて

大根の間引き葉やはく折れやすし顫へて哭きて　抜くに抗ふ

月みんと薄着のままに出でたれど、飽かずながめてくさめを二つ

凜々と照る満月を池にみき　千三百年の李白のこころ

ホトトギス、四十雀きて遊ぶなり　寒さ去らずに松は顫へど

懸案の消費増税(ぞうぜい)法案成立す。「合意」は断行！ウソつく勿れ

やがて、自公政権がウソつく

三党合意の消費増税に

関連法成立のため全力を！チンタラ…怠けて居ちゃあかんぞな

〈大増税！〉盆、正月もあるものか、諸肌ぬぎて畑打ちもせん

最少限十六本の樹が要る…と。この俺の呼吸(いき)支ふるために

どこまでも澄む青空と決めゐしが渚がほどか、我等の大気

宇宙からの写真に驚愕！

樹のつくる大気はただに有り難し。狭庭の木々も懸命なれど…

突つ走る自動車（くるま）は毒を吐きながら街路樹たちを「邪魔…」とほざくよ

父逝ける齢(よはひ)となりて想ふなり　遺影に見ゆる深皺の意味

山間の野菜直売所に並び亡妹(いも)が名のつくキャベツを買ひぬ

近隣の不幸

荒荒と物品(もの)引き出され搬ばれゆく　死にて五年の君の家より
近所の林さん宅

青服の片付屋たち駄弁りあふ、家中の物品(もの)投げ出しながら

その家のご主人きつと何悩み、凍死せしけむ、かの晩　急に

車庫なぞは忽ち撤去終へたれば重機休めり　更地にドンと

抛られて塵芥立つる大柱、もう粉粉にユンボに崩れ

ま昼間の空家毀壊(きくわい)のざわめきも絶えて…さすがに冴ゆる虫の音

雪迎へ

雪囲ひ未だ終らねど一服す　手抜きせし箇所など捜しつつ

こういう「手抜き」が多くなった

〝暖冬予報〟どこ吹く風…と雪囲ひ。俳句の一つもひねりながらに

降雪予報は外れが多くて

揚々と昇り来る陽にとけそめて…松が枝(え)の雪踊るかに散る

いちじるく積む雪もわが怨まざり。此処に棲む…とふ頑冥ゆゑに

雪原のきみの足跡なぞり来ぬ　戦災死者の…その碑の前へ

長岡大空襲による係累を、悼む

猛吹雪つづくに気負ひ其処此処を騒ぎまはるは〝新〟ホトトギス！

こんな時季に…都市型か？

雪化粧してしだれたる〈門被り松〉合はす〝紋付〟なしに整斉

松はあくまでも松！

陸上競技に励む男孫の食いつぷりやはり違ふ…と目を瞠るなり

雪晴れに渋柿〝八珍〟どつさりと貰うて来た…と妻はほくほく

わが家の、晩秋の風物詩？

いただきし〝八珍〟干柿つくらんと掌中の珠　妻は剝く剝く

うち続く凄き寒波にドーパミン萎へ失せゆくか　咲かぬ侘助

ガジュマル紀行

対岸の、あれは赤間(あかま)宮か壇ノ浦。またたく灯さへ…近き冥界

源・平の昔しのびつつ

山本五十六(いそろく)をよく知りゐたる運転手(ドライバー)〈錦江湾訓練〉誇りかに言ふ

秘密兵器の訓練…とか

樹の意志を知るすべなしと云ふ勿れ　勁(つよ)き根張りを恃み天さす

此処よりは移ることなき森の樹※の　せめて天指す意志の静かさ

※屋久島・紀元杉の風姿

あやにくの雨もガジュマルの蜜なれば…根は逞しく観光客(きやく)呼んでゐる

珍妙な混雑〈砂湯〉抜け出でて…知覧[※]に向かふ　重たきこころ

※亡兄も海軍航空隊で、カミカゼ待機組だった

掌(て)に包むまでに小さき「戦陣訓」綴じ直されて…なほ傷みをり

〝特攻〟に生き残りたるふたありの思ひの齟齬ぞ　あはれ今なほ

一人は守旧、一人は革新。

今ははや鎮魂ばかり　特攻の殉死讃美をほぼ乗り越えて
完璧には超越できぬけれど

さんふらわあ七階なんと１１０号室（ひゃくとほばん）。ドロバウ無用のデラックス部屋！

こんな奇跡もあるのか、ツアーで

志布志港待合所にて見るテレビ　「ガンバ」敗退に「アルビ」は希望！
Ｊ１残留賭けて

宮崎沖航行中も見るテレビ　アルビが勝利！　残留である！

寝ずにＴＶに齧りついていて

未明五時の紀伊水道の逆（さか）潮を　さんふらわあはワアア…と頑張る

〈忘れ物〉※騒動をして汗かきぬ　終束まではドキドキ続き

※愛用のぼろポシェット

最重要の衆院選

最高裁《違憲判決》下したる為政者　すべて逮捕！お仕置き！

最高法規違反は最高刑デアルゾ

今なにを根拠に決めん投票を。公示日前に「離合。集散…」

御身お大切に――か

大敗の与党悼みつつ危惧するは　大勝したる野党の驕慢

野党即、右傾政権ダ

喫緊の東北復興さて措きて…改憲論議か　右傾政権

些かに景気良しとて〇〇〇ミクス…改憲なぞと逆上(のぼ)せ上がれる

〈やっぱり…〉といふ常識で宥むるな　オスプレイ運用ざまの横暴

喉元過ぎねば熱さ忘レズ

春まだ来ぬにホトトギス

何おもひ飛び来しものかホトトギス　老妻（つま）ははやくも〈賦（うた）〉口遊む

息(こ)の嫁の祖母百歳の生とぢぬ南無阿弥陀仏　辰年おくる

お見送りと越年と

少女らよ、プレアデス出て翔けゆけよ　スマホゲームは暫くおいて

路頭。ながらスマホに

作務の襤褸けさも着たれば脳髄に、はた指先に棒がつらぬく

俗にいう「ドン百姓の小倅」根性

しのこしし事の数多は普段着の生活のごとく越年ば、さす

四千年前の土器片ひかり帯び「炉火」もゆるごと　ガラスケースに※

※昭和初期、長岡市栃倉で出土

さんさんと雪降る昼は野兎追うて…家族食はしけむ　縄文人

中越地区は「縄文土器」の里

人の章

平成二十五（二〇一三）年

【大事】

一月／アルジェリアでアルカイダ関係のイスラム武装勢力、天然ガス関連施設襲撃。二月／二〇一二年に発見の小惑星「二〇一二ＤＡ一四、推定重量一三万ｔ」が地球に最接近。三月／南海トラフ巨大地震対策検討有識者会議、（東日本大震災の一〇倍、被害総額ＧＤＰの四割超）の予想。四月／日銀、歴史的な金融緩和（二年で一三〇兆円増）。七月／東電、柏崎刈羽原発再稼働申請の方針に地元の県知事、「事前相談なし。こんな会社を誰が信用するか」と怒り。八月／米ＣＩＡ元職員スノーデン容疑者、ロシアに政治亡命。シリア、反体制組織が「政府軍が空爆で猛毒ガス使用」と。九月／ＩＯＣ総会、「二〇二〇年の夏季五輪は東京」と決定。一〇月／安倍首相、消費税を二〇一四年四月に五％から八％に上げると正式表明。安倍内閣、特定秘密保護法案を閣議決定し国会に提出。一一月／特定秘密保護法修正案、衆院本会議で自公強行採決、衆院通過。（強行採決に対し、全国各地で抗議行動起こる）一二月／マンデラ元南ア大統領が死去。特定秘密保護法、深夜の参院本会議で与党のみの可決成立。沖縄県仲井真知事、辺野古埋立て申請を承認。

【追悼】

大島渚80。納谷幸喜（大鵬）72。安岡章太郎92。江副浩正76。三国連太郎90。田端義夫94。中坊公平83。茂山千作93。なだいなだ83。竹内実90。やなせたかし94。

被災後二~三カ年

昏れてなほ靄立ちこめて還れざり　重複被災※の人たち数多

※地震、津波と原発との…

半年もの冬季共同生活に耐へしのぶ知恵…なんと果敢無げ

吹けばとぶよな「その場凌ぎ」で

混迷の世相といへど生つなぐ三陸ざくら　聽て咲くよ…と

新潟の大スーパーの新社員、なんと一割は…被災地の人！

避難者、新潟県に絶対多数

〈絆〉とふ情味あふるる「採用」に、感極まりて朝刊をがむ

朝刊を拝んでも仕方ないが…

博愛と絆とこそが歌津びと。海の復旧、陸(くが)の新興
TV映像に思わずエール！

原発はやさしく安全とほほゑみしCMの顔…笑ふや否や
CMは絶えたが、あの頃の映像は消えぬ

毒流すまでに洟(はなみづ)絶え間なし。されどセシウム内ふかく、ある

最悪のかの日を偲ぶ行事にも癒えぬ彼我（かが）みな…己（し）をもて余す

汚染水「こちら安心！」と導かれゆきしが暴れ、まさに邪魔者

…二年後、「完璧に管理…」と首相はウソついた

被災地の成人式はすがすがし　倣へよ騒擾たくらむ者ら

当てが外れたなどとは云ふな…又しても右傾政権に投票の者

…ダカラ言ったじゃないの

金満家ますます肥えてゆくならむ、右傾政権下の大日本

歴史に学ばなくちゃ！

格差とふ死語よみがへる事態なり。「景気浮揚のためなら黙せ！」

「拉致解決」外すを懼る　経済、経済…首相の叫ぶこゑ嗄るるとき

狂(ふ)れゐると思ふ他なし　北鮮のむごき未来は〈核の常食〉。

庶民の願いは…

食さへも事欠く民を放置して何が〈核〉かも!嗚呼がけつぷち

かの国だけの問題じゃない!

またしても復興希望工程表…言葉ばかりで還れるやろか
避難者は避難民じゃない筈

格好（かっこ）よき表現いつまで続け得る？　誤魔化されぬぞフクシマのため

よくぞ此処まで奮ひ立ちたる山古志よ　子らが土台をグッと支へて

一代の偉人石黒清介さん遂に逝かれき…九十六歳

新潟県歌壇の恩人だった

ありがとう～最早わが声とどかねど。清介さ～ん、お安らかに～

映像三昧

所持したるボトル番茶で乾杯を！『レ・ミゼラブル』…蜂起の勇気

少年の夢わくわくと描き呉れし〝レ・ミゼラブル〟いま壮大映像

最高のエンターテナーこそ吉行和子さん『東京物語』しつくり見せて

カー・ラジオ、続きは駆けこむ宅で聴く　大林※さんの語る長岡

※『この空の花』の監督大林宣彦さん

長岡の精神を語る大林監督の真意を沁みきぬ。口早なれど

吉凶の雪

朝なさな除雪、排雪のダンプ押す　老化防止と美容？の為に

朝餉どきの話題も豊富

づつしりとトマト抱きて帰るさは　吹雪ける道に転ぶ寸前

スーパー店員の心配してくれた通り…

人麻呂を慕うてもゆる犬※養氏　唾とばすまで熱きC・D

※万葉学者、犬養孝博士

夕波に浮く百千鳥ひらめかす。千三百年の間を人麻呂は

淡海のうみ夕波千鳥汝(な)が鳴けば…

雪被りながらに莟ほぐれ始(そ)む侘助の花　急くな急くなよ

播種後の三ケ年たち咲きにほふ雪割草を髭もじやが　抱く

柏崎市石地「雪割草の里」の優しき管理人さん

さまざまの悪疾(シンドローム)もつ現世(うつしよ)に…ヤハの頭脳(おつむ)は直ぐ怒りだす

だんだん短気になってきて…

雪洞(かまくら)も骨皮(ほねかは)筋兵衛となり果てぬ…黄砂まみれの孫の想ひ出

結婚記念日のころ

きふきふと生くる訳には非ざれど…墓参おこたる此の木偶のばう

反省——ご先祖さまゴメン！

お彼岸のお参り二年ぶりにせど　黄泉路の父は顰めつつらか

時じくに軒雪しづきバケツ打つ響きはフォルテ、またピアニッシモ

越後さん作「雨だれ」

梅の花いよよ競ふかにかをる墾畑の隅　みなの休み処[ど]

ほつかりと昇る望月冴えたれど人想うてか…はつか俯く

五十年になんなんとして健やけく共に生ききぬ　あとは幾年…？

来年は、もう金婚か

「事故ゼロへ　ゆとりとマナーの桜みち」いいな、いいなあ此処の空気は

長岡・悠久山公園にて

垂仁天皇(てんわう)の勅賜りて田道間守(たぢまもり)　汝(な)は齢(とし)おもふ事なかりしや、否。

突如、むかし唄った一節が浮び…

忠君の、愛国だのといふ懼れ存分にあり『田道間守』読むは

国会に〝経世済民（ソーシャル・キャピタル）〟の思想なし　保身選良またまた出でて

「選良」を辞書で調べてみよう

かの国は〝瀬戸際〟など無し！と心得よ　みづからの首絞めて滅ぶぞ

〈核〉遊戯して得るものは無しといふラスト・ファクター示せ　賢者は
超ノーベル賞が待つ

みどりの日　キラキラ飾る〈叙勲欄〉民意逆なでし元防衛相も！
赤マジックペンで、ぐっと消せ

里宮の夜祭り

火を振るふ時すさまじき形相の踊り男子(をのこ)は…すでに里神

揮ひ舞ふ束しねの火の「粉」と散る　地唄の者の髪に、膝にも

のびやかに大黒舞のはじまれば燥ぎゐし子等、拾ふ…と戻る

撒かれるお菓子などタンマリと

大黒天(だいこく)は大根役者ぶり見せて子らの歓声する方へ〝撒く〟

凄いゴリヤクがあるよ…と

帰りきて大欠伸する妻のこゑ　里宵祭りごったく果てて

ごったく＝越後方言で「盛大な饗宴」

無駄の汗かき

一昨年（おととし）の〝南瓜の種子〟の芽吹かねば四百円（たいまい）叩きて買ふ　苗二本

あたふたと今朝も水遣り行（ぎやう）すます　我も持参のお茶をガブ飲み

ザアザア…と雨降らざれば今日もまた畑（はた）の灌水　「苦」を共にせり

蔬菜と我との「苦」を…

谷川(たにがは)岳か北アルプスか　我が汲みて旱魃畑(ばた)に遣るみづの冷え

キヌザヤの畝の修理に汗だくだ　近隣の家まだ夢の中

ポケットの隅に固まる紙解けば　去年(こぞ)の旱魃どきの歌くづ

一緒に洗濯されて

歌くづの三首がほどは読み取りぬ　ポケットに固く乾ける紙片

ほそぼそと降らせ給へる慈雨様にノリトもあげむ　ご馳走添へて

本当に致シマシタ

真似ごとを続け十年の農作業〈焦るな過ごすな、怠けるな…俺〉

朝寝惚け昼もたほたほ歩く我が無為の齷齪も　畑打つのみ

もがき、アガキの労作で…

今朝もまた老妻(つま)を泣かせき胡瓜(うり)、ナスビ、トマトどつさり。捨つるほどだ…と。

この後は盆ゆゑ出来ぬ開墾に性根込めたり　果疲るまで

開墾の閉（とぢ）めの汗は石粒の探リニ流シ…トニカク拾フ。

手モミして石粒サグる様見ツツ猫もヨギレリ　怪訝ゲニシテ

人間（じんかん）に非ザル天地コレナラム　棲みアラソハヌ蚯蚓らの土

諍ひをセズ共生(いき)てヰル蚯蚓らは佛様カモ　君等はイツモ

軸ずれてゆくと云へども松が枝(え)を分け出づる月　こよひは絶佳

虫の苦しみ

葱苗の基くふ虫に、気紛れを赦さじ…と撒く甘き〝薬剤（いうわく）〟

あまり効かぬほどの甘さ、薄さで。

葱苗をくふ虫の身になつてみよ　薬剤甘く効きゆかんとき

みづみづと雑草どもは叫びをり。偶の小雨に大口あけて

肥えあしくなりし胡瓜を捥ぎ取りぬ　宥め賺しつしての…一本

《父の日》のプレゼントかも　妻と娘(こ)がミシンで作業ズボンの尻ぬふ

愛車の慰労

朝霧のはれゆく加茂の山間のバラ見せながら愛車撫でやる

加茂市冬鳥越のバラ園を、手放す愛車に。

瀬波湯の風光ゆゑに与謝野晶子(あきこ)の詠む百首を聞かす　愛車撫でつつ

夕映えの宿「汐見荘」にて

粟島か或いはロシアからつづく朝凪の海　ゆつたりの皺

瀬波、人工浜にて

待ち遠しかりし朝五時の風呂びらき、さあ急がうよテレビを消して

ワイパーの休むことなき走行に「有難う…」言ふ　ガム噛みながら

（廃車…）などと聞かれぬやうに走らせて、紺色フォードに名残ふつ切る

稼ぐ人たち

床屋さん、畑作するを見透かせり。我が日焼けせし項みつめて

茄子さへも虫に食はるる畑作を知り顔なりき　床屋の主人（あるじ）

畑作を見透かせるほど我がうなじ焼けてをるかよ　床屋の主人（あるじ）！

炎天に声も挙げずに屋根を塗る若き独りの意思　見上ぐのみ

不屈なる意志おもはせて中年の塗装屋　ときに腰のばしをり

あくまでも手塗りに拘る彼

被り物もせず汗してる屋根屋さん…朝から晩まで日照の空

奥様の異動に〝僻地特級〟をえらびし彼の決意の堅さ

五〇年前。出産まぢかのため、彼石川さんは…

旺んなる葉月はすでに到れるに　君が依頼の歌まとめ得ぬ

「亡き奥様回顧記」上梓のため

今は亡き奥様、御子を詠まれたる二首迫りきぬ　文（ふみ）の劈頭

掛替えのない二人を失われて

盆参帰省のウカララ

長（をさ）の孫のすらり伸びたる高き丈　踏台をして柱に記す

思春期の〝伸び〟竹の子のやうなれば、コンチクシヤウ…と柱に記す

一族の寿司パーティーはたのしくて明日の帰京の事には触れず

朝霧の〝青物〟穫る…と急ぎゆく　帰京の子らに押しつけんとて

玄関は蛻(もぬけ)の殻ぞ　一斉にうからら去りし後ふり向けば

この後、お揃いの帰省は絶えた——

呼び合うて蝶二つまた庭に来ぬ「祖父の羽化、あれは三年前…」と

唄の一節をも思わせて

日に幾度「ぢいちゃん元気?」と来ては行く揚羽はやはり…我が庭生まれ

汗拭きつつ畑耕す背(せな)に降るこの蟬しぐれ　ああ初時雨…

誰待ちて露にぬれけむ椋鳥(むく)一羽、みづくろひをり松ひき立てて

異常高温地獄

〝イカサマの畑作り〟を責むるかの旱天地獄…救はれぬぞな

三倍に高騰したる日焼け止め　男性にさへ…現代(いま)や常識?

汗染みのメモ用紙など役立たず　手のひらに書く片言隻語

昨日最高四十一度半ありしとふ俺の記憶を、妻は信ぜず

猫じゃらし倒れ伏しつつ保つ穂も、野に慈雨来れば肩で呼吸（いき）する

傘さして来れば墾畑(はりはた)の蔬菜たちよろこび溢れ、宴してをり

慈雨やがて洪水注意報まで出さす　午睡の夢はまた床下浸水(しんすい)か

善行と愚行と

ミクス、みくすと囃し立てれどフクシマは除染すすまず　家に還れぬ

口噤め、見るな、聞くなは独裁国。主権者我等を奴隷にするな

可決されし秘密保護法に次ぐ奴は皆兵法やも知れず…噂は

「十二月八日」なんの日、しってるか?知らねば聽て酷き目みるぞ

原宿の若者ら嗚呼「敗戦日」みんな知らざり　仕合せさうに

今世紀最善の人逝きたれば国連安保理も中断、黙禱

南アの、世界のネルソンマンデラ氏

耐へがたき二十七年の投獄に捷ちてマンデラ氏、大仕事せる

南ア、黒人の人権回復——ノーベル平和賞

寝(やす)まんとすれど秘密保護法(ほごはふ)　〝攻防〟は此より夜の部。眠気飛ばして

〈緊急〉の弾薬贈与といへる措置　もう法令を踏み躙りたり

南スーダンの韓国軍へ銃弾一万発

絶叫のデモを「テロ！」とふ与党幹事長（かんじちやう）　さう言ふ彼等を我ら選びし

指さされ訂正、取消しの幹事長　驕るな与党！何様なるや

法令は切羽詰まらば無視すべし。さういふものぞ！…と示す政権

法令の条文解釈いかやうにも枉げ得るもの…と首相がお手本!

民意なぞカネの力に勝てやせぬ…と示すか宰相、知事は追従

沖縄・仲井真知事の変質

知事「承認」、市長「認めぬ」基地移設。県民投票せずば熄まずも

辺野古移設問題

ナガサキの鐘

ヒロシマは彼の日にかへり炎天下〈黙禱〉捧ぐ、我らもささぐ

様々を想ひ黙禱を捧ぐとき、テレビの中の蟬もおらべり

朝食を頬張りしまま黙禱す　鐘撞く子らに些かわびて

ナガサキを静かに語り継ぐひとら　文字・音声に〈映像〉勝る

ヒロシマもナガサキもまた遺すべし　再び有つてはならぬ蓮台

皆たっとき仏の座として

今年また御名数千柱なり。禱る灯火まへの石筐

原爆ドームに見守られて

灯火は永久につづけと禱りたり　悪しき玩具の《核》直ぐに断ち

数万の画面の観衆と共有す〈鎮魂、平和〉に…球場静寂

全国高校野球選手権の甲子園

平和への決意新たにすべき日に〈終戦日〉知らず　知らうともせず

路頭のインタヴュー

夜が明けて〈敗戦翌日のおほどかさ〉憶ひ出しをり　畑（はた）の終日（ひねもす）

旧師、秋山虔（けん）先生卒寿

卒寿越えられしか旧師、そのむかし三十歳（さんじふ）たりし口振りのまま

核心に触るる旧師の〈こころの時代〉嫉むか蛙　庭に喚くも

テレビの中でか、わが庭でか。

青壮の教授の「万葉集（まんえふ）」は歯切れよし。彼専門の「源氏（げんじ）物語」ぢやなくて

「源氏（げんじ）物語」みち一途の旧師　いまははや卒寿を越えて自在の語り

好物の「チョコレートケーキ」載せてゐず…此の広辞苑　〝石部金吉〟

八十路（やそぢ）までもいのちを賜びん　故里※の友どちと師の寛（ひろ）き絆は

※旧古志郡上川西村。現長岡市

ゆたかなる信濃（しなの）川の恵み、父祖、友の絆に生きて満七十八年（しっちふはち）

昔、帰宅の少年を農作業が待っていたっけ

我が成ししは些事に過ぎざり　七十八歳（しっちふはち）まで生かされし恩に報へぬ

まだまだ青二歳ぞ

リヤカーの半分ほどに漬菜のせ五蔵爺（ごんざうじい）は行くかよ、街へ

八十九歳。昔のお噺

ご機嫌の五蔵爺は八十九歳（はつちふく）。漬菜売り終へ〝引つ掛けて〟来しか

好きな焼酎を、街で

かの日より五蔵爺の顔を見ず。菜を売り、呑んでご機嫌なりしが…

「目の日」前後

熱帯性低気圧（ねってい）に萎えし台風の余波しるく、騒ぎまくれり防火パトカー

目も鼻もあかぬ烈しさ　砂もとぶ台風余波に茄子木しばりつ

〈目の日〉とて己（し）が眼疾は如何ならむ…思考すれども、何見当たらず

ホッと一息

齢（とし）の所為などと弁明しはすまい。視力減退、思考錯綜

くきやかに競ふＣＭ珍しや…〈目の日〉なればと美女がウインク

澄む星に感嘆してゐしかの時に、伊豆大島は…ああ慚愧なり

岡田港の、旧友川島さんへ

〝御神火〟の甲斐なかりしか豪雨禍に死者十七名、行方不明者(ふめいしゃ)数十！

伊豆大島の惨禍に

フクシマは津波、伊豆(いづ)諸島また豪雨かも　美(うま)しき国は災害列島

宰相は美しき国つくるといふ…巧言ぢやなく方策示せ

宰相は〈美（は）しき日本〉に防諜も海外派兵の思想も…潜ます？

陸続とレトロ法案出す与党〈マニフェストなぞ何するものか！〉と

いつか、偉い人が言った「マニフェストなぞ…」

〝美しき日本〟〝被災地訪問〟はカクレミノ。本性みせて秘密保護法！

百億年のいのち

百億年一人旅してアイソン彗星は無茶せり…イカロスが真似るも知らず

満天の星の宇宙にアイソン彗星は滅びの光…虚無のまたたき
若田さんが言った。「もう消滅…」

あれから満三年

ひなん・ヒナン…幼児も言ふと伝へられ　放射能土の処理捗らず

東日本大災害の慰霊祭！　停車しラヂオに向き手を合はす

ちょうど出掛けていて

〝東日本〟ふり向くたびに思ひ深し。朝餉のテレビはせつなき時間

耐性加工されて陸前高田(たかだ)の一本松　寒風の中いつまで無援

しかし、あまり人手を掛けたくない

地震（なゐ）なくば…などと嘆かふ。天変地異に成りし国土に棲めど、猶さら

何故あれに船が居るの?と見放けつつ…咲く被災地のひともと桜

春彼岸、逝きし人みな遥かよ…と詠みたる君はすこやかなりや

十年前の惣角さん、あの歌で岡野賞だった

あとがき

変転極まりなき世情ですから、常日頃わたしが思っていることは可能な限り平常心を持して、無事に生きるということです。計画できる事柄は計画的に実行し、それのできぬ事態に遭遇したら単なる思い付きや直感によって処理していくことがベストなのです。計画的にといっても、計画する時点では思い付きが基礎になるわけですから、総じて、物事の連続〜人生は思い付きや直感によって送ってゆくことに相違ありませんね。

でも、常に最善を尽くしたい、より善い結果に結びつけたい…とは、誰しもが考えることでしょう。幸いにこのたびは「現代短歌ホメロス叢書」に参加させていただき、まことに嬉しく存じます。

わたしがこれまでに上梓した、「歩み止まず」「未知の木」「二千年紀・思ひの木」のすべては、時代的世相的に、また著者のそれまでの拙い人生からしても区切りのいい歌集をと考えて上梓してきました。その意味合いから、第四歌集は平成二十三（二〇一一）年から二十七年までの五年間をまとめてみようと決め、作業にとりかかった矢先のお誘いでした。お誘いに応じて処理するには時間的な制約もあり、思い切って平成二十三（二〇一一）年からの三年間に限定しました。

さて、大袈裟に言いますと、わたしはこれからの短歌には具体性と抒情性とが相俟った、知的な制作が必要と考えております。日々あらた、日に日に新た…と。

したがって、レトリックの魔術の世界とはなるべく距離をおいてゆくつもりです。どれほどの果実がもたらされるか分かりません。あるいは賞味期限の不明な、腐ったそれがヒョッコリと現われて、わたしを困惑させるかも知れません。まあ、それも面白いかも…などと、八十路の妄想に耽っております。歌集名『蘇れ、木群』は、病みふかき、瀕死の地球へのエールなのです。

末尾となりましたが、これほどに情熱をこめて歌集製作の労をとってくださった社長様をはじめ、飯塚書店の各位に「感謝」の一言を捧げます。

平成二十八年九月吉日　　松木鷹志

松木 鷹志（まつき たかし）

昭和10年	新潟県長岡市に生まれる
昭和32年より	公・私立の小、中、高校の教諭等を勤める
	中野菊夫主宰「樹木」に入会
平成８年	第一歌集『歩み止まず』上梓
平成10年	新潟県歌人クラブ事務局長・常任幹事
平成13年	第二歌集『未知の木』上梓
平成14年	「樹木社」の後継「丹青短歌会」に入会
平成19年	日本短歌協会に入会
平成26年	第三歌集『二千年紀・思ひの木』上梓

現在、地元の短歌会、カルチャー短歌教室を指導。地元新聞二紙の短歌欄選者。

住所：〒940-0875 新潟県長岡市新保 1-2-23

現代短歌ホメロス叢書

歌集『蘇れ、木群』

平成二十八年十二月五日　第一刷発行

著　者　松木　鷹志

発行者　飯塚　行男

発行所　株式会社　飯塚書店

http://izbooks.co.jp

〒一一二-〇〇〇二

東京都文京区小石川五-十六-四

☎ 〇三（三八一五）三八〇五

FAX 〇三（三八一五）三八一〇

印刷・製本　株式会社　恵友社

ISBN978-4-7522-1211-9